WITHDRA...
PAÑAL 2
LA INVASIÓN de
los LADRONES de iNODOROS

Cuentos Casaenrama presenta con orgullo
una produkzión Betanzos/Henares de una novela épica
de Jorge Betanzos y Berto Henares.
El Superbebé Pañal 2: La invasión de los ladrones de inodoros
Protagonizada por Rufinín Lanas, Perrete Pañalete, Rufino y Petra Lanas, Demetrio
Drino y, haciendo su debut, "Pedrito", el gato más malvado del mundo.
Escrita y dirigida por Jorge Betanzos y Berto Henares.

SCHOLASTIC INC.
New York Toronto London Auckland
Sydney Mexico City New Delhi Hong Kong

Esta novela
está
calificada:

TA ¡¡Totalmente
ALUCIN...
Algunas partes pue...
alucinantes...

A Madison Mancini

Originally published in English as
Super Diaper Baby 2: The Invasion of the Potty Snatchers

Translated by Nuria Molinero
Handlettering by Russell Christian

ISBN: 978-0-545-37562-7

Be sure to check out
Dav Pilkey's Extra-Crunchy Web Site O' Fun at
www.pilkey.com.

12 11 10 9 8 7 6 5   18 19/0

Printed in the United States of America   40
First Spanish printing, January 2012

La novela épica detrás de la novela épica del Superbebé Pañal

Por Jorge B. y Berto H.

Hace un tiempo, había 2 niños ridíkulos llamados Jorge y Berto.

¡¡¡No los hacen más alucinantes que nosotros!!!

¡Ni que yo!

Escribieron un libro increíble llamado "Las aventuras del Superbebé Pañal".

Pero, desajortunadamente, el antipático direktor de la escuela, el señor Carrasquilla, lo leyó.

Super-bebé pañal

Era la historia de un bebé que por herror cayó en un jugo superpoderoso.

Lo bebió y consiguió superpoderes y todo eso.

Además, un perro bebió el jugo

¡Y también se volvió superpoderoso!

El bebé y el perro son muy buenos amigos y viven juntos con su mamá y su papá.

¡Y los dos llevan pañal!

Una vez, un tipo malvado quiso robar los superpoderes del superbebé...

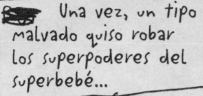

¡Esto irá como la seda!

casco de transferencia

pero hizo clang y se convirtió en caca.

¡AY!

casco de transferencia

¡Luego le cayó ensima desperdizio nuevo y se volvió mucho más grande y malvado!

¡Grr!

Nueva planta de energía limpia

Entonces Superbebé Pañal y Perrete Pañalete entraron en acción.

¡Te atraparemos Comisario Extracaca-lario!

¡Na!

Agarraron un gran rollo de papel higiénico de un tejado...

PAPEL HIGIÉNICO BOLICHE S.A

¡No es justo!

envolvieron al Comisario Extracacalario...

¡Y lo dejaron donde se debe dejar la caca!

Bien-venidos a Urano

¡Vivan el Super-bebé Pañal y Perrete Pañalete!

PERO ENTONCES

○ ○ ○ ○

¡¡¡ ESTO ES BASURA !!!

¡¡¡Es el libro más desagradable que he leído!!!

CHAS

¿Es que solo saben escribir de caca?

chss chss

¿Y qué más hay?

POM

7

¡Tengan, lean este libro!

Era mi libro favorito cuando yo era un chico estúpido como ustedes.

¡Cómo el Grinch robó la Navidad! Por Dr. Seuss

¿Por qué le arrancaron las últimas siete páginas?

¡Así es más realixta!

Así que Jorge y Berto leyeron el libro y se inspiraron y todo eso.

¡Oye, este libro es bastante bueno!

¡Sí!

¡Cómo el Grinch robó la Navidad!

En fin, nunca pensé que lo diría, pero quisás el señor Carrasquilla tenga rasón.

Quisás deberíamos escribir sobre algo que no sea caca.

¿Cómo qué?

Ehhhh...

Ehhhh...

chss chss

chss chss

¿Y si escribimos sobre PIS?

¡¡¡ALUCINANTE!!!

Así que Jorge y Berto empezaron a crear su nueva novela épica, El Superbebé Pañal 2.

¡Te apuesto a que el señor Carrasquilla estará superfelis!

¡Yo también!

Apostaron mal.

Pero qué...

¡¡¡Esto es más desagradable y peor que su último libro!!!

Y esta es la historia de cómo se inventó el Superbebé Pañal 2.

KASTIGO

Tarea a tope

Tarea a tope

Como siempre, esperamos que les guste más que al señor Carrasquilla.

CAPÍTULOS

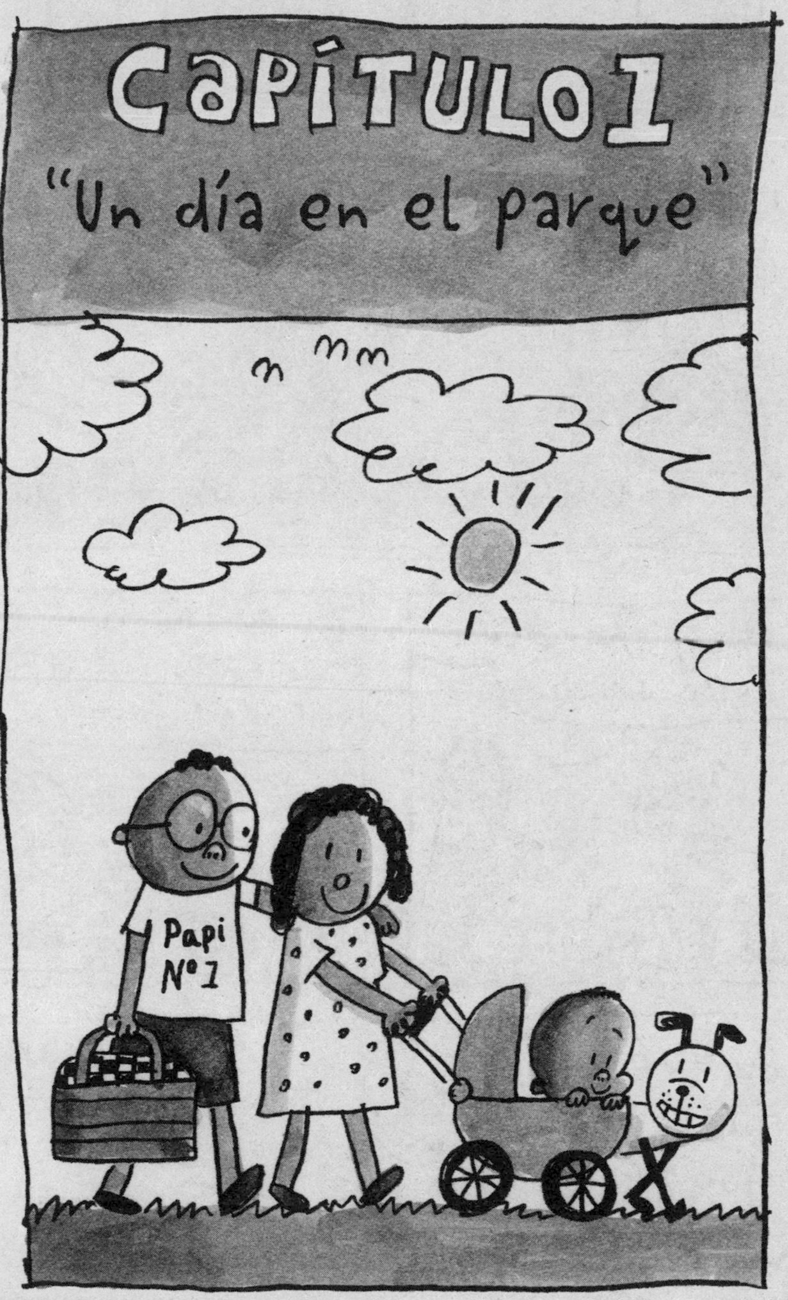
CAPÍTULO 1
"Un día en el parque"
Papi
Nº 1

Un día, la familia Lanas fue de picnic al parke.

Este parece un buen sitio.

sniff sniff

Yo prepararé la merienda mientras ustedes juegan.

¿A qué te gustaría jugar, Rufinín?

Jugar al avión con papi.

Advertencia

Las siguientes páginas del fliporama empiezan muy tiernas pero se vuelben violentas (y hasta violentísimas) según avansa la novela.

SE RECOMIENDA PRECAUSIÓN

FLiPORAMA

¡¡¡ASÍ ES CÓMO FUNCIONA!!!

PASO 1

Pon la mano izquierda dentro de las líneas de puntos donde dice "Aquí mano izquierda". Sujeta el libro abierto del todo.

PASO 2

Sujeta la página de la derecha entre los dedos pulgar e índice de la mano derecha (dentro de las líneas que dicen "Aquí pulgar derecho").

PASO 3

Ahora agita deprisa la página de la derecha de un lado a otro hasta que parezca que la ilustración está animada.

(para _más_ diversión añadan sus propios efectos sonoros especiales)

FLIPORAMA 1

(Páginas 19 y 21)

No se olviden de agitar <u>solo</u> la página 19. Mientras lo hacen, asegúrense de que pueden ver la ilustración de la página 19 y <u>también</u> la de la página 21.

Si lo hacen rápido, las dos ilustraciones empezarán a parecer <u>una</u> sola ilustración animada.

¡No se olviden de añadir sus propios efectos sonoros!

Aquí mano izquierda

Abajo el avión...

Aquí pulgar derecho

Arriba el avión...

FLiPORAMA 2

No se olviden de agitar <u>solo</u> la página 23.
Mientras lo hacen, asegúrense de que
pueden ver la ilustración de la página 23
y <u>también</u> la de la página 25.

Si lo hacen rápido, las dos ilustraciones
empezarán a parecer <u>una</u> sola imagen
animada.

¡No se
olviden
de añadir
sus propios
efectos
sonoros!

Aquí mano
izquierda

Abajo el avión

Arriba el avión

¿Papi se divierte?

Papi Nº1

Noooo más avión.

Papi Nº1

¡Mami!

Papi chichón.

Toma, ponte esta bolsa de hielo en la cabeza.

Yo siento mucho.

No pasa nada, hijo. Fue un akcidente.

Vamos a comer el rico almuerzo que preparó mami.

Pero entonces...

Señor...

Ese abusón tonto y engreído me robó la muñeca. ¿Me puede ayudar?

¡Claro que sí!

Espere, señor Lanas...

¡Perrete Pañalete se encarga de esto!

¡Destrozaré esta estúpida muñeca con una piedra!

¡No lo arás!

¡Agg!

SUAAP

¡Miren lo que encontré!

¿Y bien?

Aquí tienes tu muñeca.

¡Y pide disculpas!

Perdón.

¡Y piérdete antes de que menfade!

¡Viva Perrete Pañalete!

La familia Lanas empezó a almorsar.

Pero entonces...

Señor...

Se nos cayó la pelota en ese tejado. ¿Nos puede ayudar?

Claro que sí.

Papi Nº 1

Esperen. Mi papi se hiso daño.

Papi Nº 1

¡Superbebé Pañal se encarga de esto!

Finalmente, la familia Lanas se sentó a terminar su almuerzo.

PERO Entonces...

¡Señor!

Papi Nº1

Mi hijo se rompió el dedo gordo del pie. ¿Puede llevarnos al hospital?

¡¡¡Claro que sí!!!!

Papi Nº1

Espere, señor Lanas, ¡¡¡tardará muchísimo!!!

Papi Nº1

Esa noche, en casa de la familia Lanas...

Cielo, ¿qué te pasa?

No, nada... Es solo...

Que es muy duro tener dos super-héroes en la familia.

¡¡¡Hasen todo mucho mejor que yo!!!

Papi Nº 1

Me siento tan... no tan bueno en todo.

Seguro que todavía eres bueno leyendo cuentos antes de dormir.

¡Claro!

¡¡¡Casi olvido que soy genial haciendo eso!!!

Papi

¡Iré a hacerlo ahora mismo!

Papi Nº1

¿Rufinín?

Cuarto de Rufinín

Papi Nº1

Toc Toc

Vine a leerte tu cuento favorito.

Mecharana y Robosapo son enemigos

35

No, papi. Esta noche yo leo a ti.

¡Ja, ja! No sabes leer. ¡Solo eres un bebé!

En realidad, sí sabe. ¡¡¡El jugo super-poderoso que se bebió también lo volvió superinteligente!!! Esta mañana se enseñó a sí mismo a leer.

ASÍ QUE...

"No", gritó la rana robot. "¡No hasta que derrotes mi ejérsito de robots conejo!"

Este es el Dr. Demetrio Delfino y su malvado gato Pedrito. El Dr. Delfino es el que está a la isquierda con la barba y la calva. Pedrito es el que está a la derecha con las rayas y la cola.

¡Recuerda eso!

Esta noche robaremos este banko usando mi último invento: ¡el Haguador 2000!

¡¡¡Convierte las cosas en **AGUA!!!**

¡Lo hace rreordenando las moléculas!

Y entonces...

Tienes mal aliento.

Ese es **T.P.**, no **M.P.**

¿Qué?

¡Ese es **Tú Problema**, no **Mi Problema**!

¡Te voy a encadenar a esta mesa para que prestes atensión!

¡Entremos ya!

¡Solo tengo que disparar a la caja fuerte y se convertirá en agua! ¡Y entonces todo el dinero será mío!

¡¡¡Genial!!! ¡¡¡A ver si así compras enjuague bucal!!!

42

PLAS

¡¡¡Madre mía!!!

EnTonces...

¡¡¡Me... me convertí en agua!!!

GRRRRR

45

¡Oye, Pedrito! Agarra una bolsa y empieza a guardar el dinero...

¡Retonto!

¡Puag! ¡Está todo mojado!

Ese es **T.P.**, no **M.P.**

Más tarde, en la Guarida del Mal, en la cumbre del Monte Cleveland...

¡¡¡Soy rico!!! ¡Soy muy rico!

¿Y sabes qué? Como que me gusta estar hecho de agua.

Es facilísimo robar cosas...

Además, ¡¡¡puedo esconderme en cualquier sitio!!!

¿Ves, Pedrito? Parezco un charko, ¡¡¡seguro que no puedes verme!!!

¡Pero puedo olerte el aliento!

¿¿¿Qué más da??? ¡¡¡Tengo superpoderes!!!

EN CUALQUIER CAZO...

¡¡¡Nos cortaron el agua y tengo sed!!!

¡Eso es **TP**, no **MP**!

Muy bien, ¿y qué crees que voy a beber?

¡Mira, nene, estube muy ocupado robando bancos toda la noche! ¡No me molestes!

¡Me voy a dormir!

Bosteso

¡AAAAAAh!

FLiPORAMA 3

Si ya olvidaste cómo se hacía esto, por favor visita a tu doctor. Después, ve a la página 17 para leer las instruksiones.

Aquí mano izquierda.

Bebiéndose al Dr. Delfino

Aquí pulgar derecho

Bebiéndose al Dr. Delfino

Lam
Lam
Lam
Lam
Lam

Lam
Lam
Lam
Lam

Lam
Lam
Lam
L...

¡AAAAh! ¡Por fin me siento bien!

¡Ahora, a descansar!

Zzzzzz

PEdrito

Seis horas después...

Guarida del mal

58

60

CAPÍTULO 3

El problema de papi

Papi parese triste últimamente.

Sí, Yo también me he dado cuenta.

¿Por qué será?

No sé... Quizás no se ziente ya inportante.

¡Ayuda! ¡¡¡Ese tipo me robó el bolso!!!

FLIPO-RAMA 4

Aquí mano izquierda.

Atrapa cacos

Atrapa cacos

¿Por qué papi no ziente ~~ere~~ inportante?

No sé... Creo que no se ziente tan valiente ni tan fuerte como nosotros.

Después de todo, nosotros somos super-héroes y él no.

¡Ayuda! ¡¡¡Ese tipo me robó el auto!!!

Ja, ja

FLIPO-RAMA 5

Aquí mano izquierda

Machaca ladrones

Aquí
pulgar
derecho

Machaca ladrones

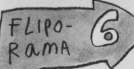

Aquí mano izquierda

¡Bate estafadores!

Aquí
pulgar
derecho

71

¡Bate estafadores!

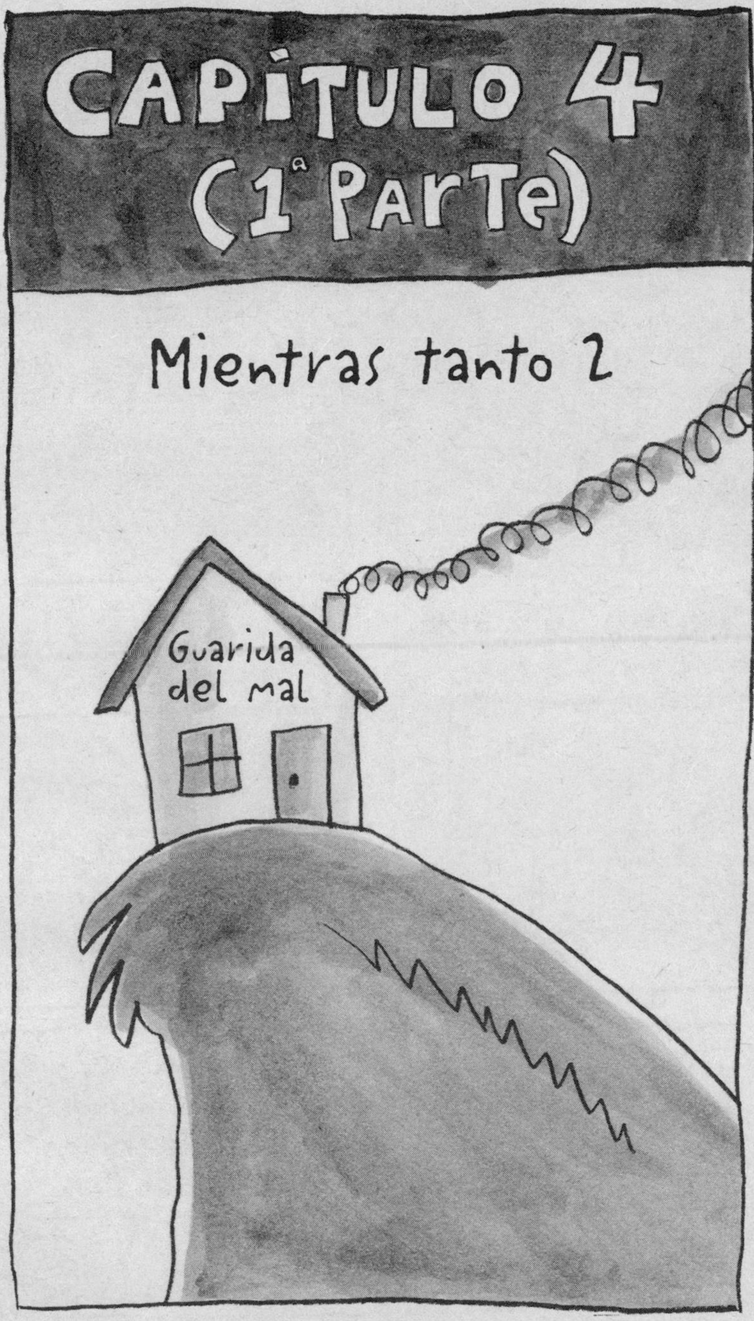
CAPÍTULO 4
(1ª PARTE)
Mientras tanto 2
Guarida del mal

¡No lo puedo creer! ¡Me dormí y al despertarme soy pis!

¡Debería llamarte Demetrio Orino!

¡¡¡Ni se te ocurra!!!

Vale, no lo haré, Demetrio Orino.

CIERRA EL PICO, ¡¿O SI NO?!

¿Quieres desir "O ri no"?

¡¡¡No es chistoso!!! ¡¡¡Todo mi cuerpo se convirtió en pis!!!

¡¡¡Oye, quizás te nombren gobernador del Orinoco!!!

¡Toc Toc!

Amigo, en serio, toc, toc.

¡De acuerdo! ¿Quién es?

"Retre".

¿Retre qué?

Retre T. En caso de que me necesites.

¡Ja, ja!

No debemos hablar cochinadas en este libro, ¿recuerdas?

Ah, sí. Lo siento.

¡VETE Y DÉJAME EN PAZ!

¡Caray, este gato es un pesado! ¡Me fastidia todo lo que hace!

Me compraré algo lindo para olvidar mis preocupasiones.

La bieja tienda Rafl

La bieja tienda Rafl

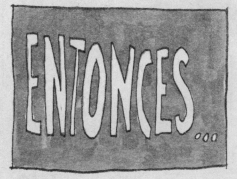

ENTONCES...

80

81

ENTONCES...

Guarida del mal

¡Ggrrrrr!

¡YA VOLVÍ!

Demetrio Orino, ¿qué hay de nuevo, viejo?

¡Odio a todas y cada una de las personas de este pueblo!

¿Por qué?

¡Porque son una partida de tontos!

Pero me vengaré, Pedrito. ¡Ya lo creo, me vengaré!

¡Yo lo apoyo al **SIEN POR SIEN**, Demetrio Orino!

¿Por qué no te cayas? ¡¡Sabes que no está bien ponerle motes a la gente!!

¡¡Pero yo soy uno de los malos, puedo hacer cosas que no están bien!!

Ah, claro.

Se me había olvidado.

¡Ja! ¡Ser malo es lo mejor!

84

CAPÍTULO 4 (2ª PARTE)
¡CÓMO EL PIS ROBÓ LOS INODOROS!
De
el Dr. Jorge
Y
el Dr. Berto

En la noche Demetrio Orino
se paseaba muy enojado,
balbucía y gruñía improperios
contra todos los del poblado.

No se sabe por qué razón
bullía tanto su corazón...
Quizás fuera por su dinero,
que apestaba un montón.

86

Tal vez se había comido
una mala morcilla.
O quizás fuera su aliento
a la más pura alcantarilla.

Por nuestra parte, creemos
que la verdadera razón
es que olía como un balde
de orines en descomposición.

Pero fuera el motivo que fuera,
el dinero o su propia peste,
odiaba con toda su alma
a ese pueblo y toda su hueste.

Cada vez más deprimido
frunsió el ceño y gritó:
"Esos tontos del pueblo
se cren mejores que yo.

Esto es lo que yo creo,
escúchenme muy bien.
Creo que todo sería distinto
si ellos apestaran también.

¡¡¡Si todos esos idiotas
olieran a orín,
no irían por ahí
despresiándome a mí!!!"

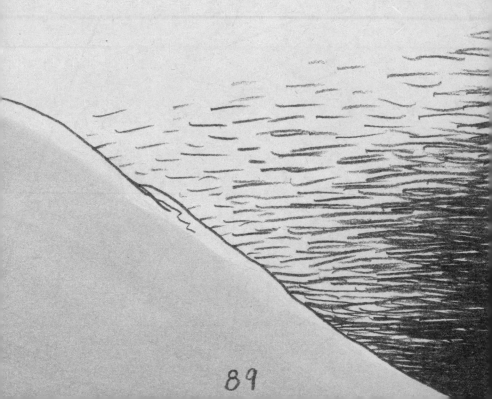

Y entonces Demetrio Orino
tuvo una muy buena idea,
Pero nosotros no encontramos
una rima para "idea".

"Ya sé lo que voy a haser",
dijo con convencimiento,
"¡a todos los bien olientes
les daré un escarmiento!"

Trabajó en una estructura,
reuniendo mucha chatarra,
con dientes de metal
Y hasta una rueda usada.

Después le afiló las garras,
le clavó una larga cola,
le soldó los bigotes
y le afinó la bocota.

Trabajó 24 horas,
sin comer ni dormir,
pero al final quedó listo
el Gato-robot Tres Mil.

"Ya solo me queda
conseguir a un criminal,
conseguir a un malvado,
que conduzca este animal".

Así que agarró a Pedrito
y lo sentó como en un coche...

Y salieron los dos villanos
en mitad de la noche.

"Mira esto", dijo Demetrio,
y riéndose se esfumó,
y luego en una nube amarilla,
enseguida se convirtió.

Y cuando al pueblo llegó
la sucia nube de orín,
hubo una tormenta
y llovieron gotas de pis.

Hasta las chimeneas
volaron las gotas de pis
y entrando en cada casa
hicieron a Demetrio feliz.

Cada gota encontró una llave inglesa...

y cada llave encontró una tuerca...

POP

y en un dos por tres, los inodoros dieron la vuelta.

Sacaron los inodoros
como en una procesión
y adonde el Gato-Robot Tres Mil
los llevaron sin dilación.

¡Ñam, ñam, ñam!
Masticó aquel gato,
y no quedaron sino desperdicios
de aquellos vitales aparatos.

Pero en una pequeña casa
de una calle cualquiera,
una gota oyó pasos
y se detuvo a ver quién era.

Era un bebé en pañales
abrazado a una frasada.
Eso fue lo que vio
la gota de pis enojada.

El bebé miró a la gota y dijo:
"¿Sr. Pis, qué hace usted?
¿Se lleva nuestro inodoro?
¿Nos lo va a devolver?"

La pequeña gota descarada
no se amedrentó.
Se inventó una puerca mentira
y así la declamó:

"Tu inodoro está dañado,
se inunda con nada.
Así que debo llevármelo
y darle una buena arreglada.

No creo que sea difícil,
tendrá alguna cosa suelta,
lo engrasaré y lo apretaré
y te lo traeré de vuelta".

El bebé aceptó tranquilamente
esta mentira tan burda.
Así que la gota le dio un jugo
y lo llevó hasta la cuna.

Perrete
Pañalete

Y cuando por fin el bebé
cayó redondo,
la malvada gota de pis
volvió a su plan muy orondo.

Sacó el inodoro a la calle
con su paso plis plas.
Y cuando el gato lo destruyó,
volvió a la casa por más.

Destrozaron inodoros
durante toda la noche,
y solo quedaron algunos
después de tanto trasnoche.

Cuando el último inodoro
rodó por el suelo,
la gente se despertó y dijo,
"¿Pero qué es esto, caballero?"

"¡Se llevaron los inodoros!
¡Tenemos que hacer pis!
¡Esto tiene mala pinta!
¡No nos gusta ni un tris!"

Pasearon de un lado a otro,
   Cruzaron las piernas, saltaron.
Sostuvieron el aliento,
   como pudieron aguantaron.

Todos bailaron la dansa:
"Queremos ir al lavabo,
que alguien nos ayude, por fa,
O acabaremos empapados".

Adoloridos y traumatizados,
se retorcieron toda la mañana.
Tal y como los puedes ver
en este fliporama. ⟶

Aquí mano
izquierda

Danza del pis

Aquí pulgar derecho

Danza del pis

Hasta que un líquido tibio
de tonalidades amarillas
se escapó por las entrepiernas
y rodó por las rodillas.

Lloraron desconsolados
sobre sus charcos de pis,
y toda la mañana estuvieron
comportándose así.

CAPÍTULO 5

El día después

Los lamentos de miles personas mojándose los pantalones llegaron a los oídos de Pedrito y de las gotas de pis.

¡Buaaaaaah!

¡Compadres, juntémonos de nuevo!

¡Sí!

¡El último es un huevo podrido!

Las gotas de pis formaron un charco enorme...

de ese charco salió, ya saben quién.

¡Ja, Ja, Ja!

¡Jo, jo, jo!

¡Ji, ji, ji!

¡Todo el mundo, en todas partes, huele a pis!

¡¡¡Ahora todos me entienden a mí!!!

Chico, ya no hablamos en rima.

Ah, lo siento.

Bueno, ¿cuál es el siguiente paso?

¿Siguiente paso?

Sí, ya sabes, ¡el siguiente paso del **PLAN!**

Mmm, no sé. ¿Quieres ver una película?

Ese no era **TODO TU PLAN,** ¿verdad?

¿Qué?

¿Me estás diciendo que hicimos todo esto para que la gente se mojara los pantalones y oliera a pis?

Pueees... sí.

¡AAAAAH!

¡Es el plan más **ESTÚPIDO** que oí jamás!

Pues, si eres tan listo, ¿por qué no pienzas tú un plan malvado?

¡¡BIEN, LO HARÉ!!

Mmmm, déjame pensar...

Nadie tiene inodoro...

Pero todos tienen que hacer pis...

¡¡¡Ya lo tengo!!!

Mientras tanto, en casa de la familia Lanas...

¡Nos han robado!

¡¡¡Nos han robado todos los inodoros y tengo que hacer pis!!!

¡Yo también!

¿Por qué no prueban a ponerse estos pañales?

A nosotros nos sirven.

Pañales

Eh... bueno, gracias.

Pañales

ASÍ QUE...

¡AAAAAh!

¡geniaaaaal!

¡Vivan los pañales!

choca

124

PERO

¡¡¡Interrumpimos la emisión para desirles algo muy importante!!!

5
Noticias de acción

Como todos saben, anoche se robaron todos los inodoros.

5
Noticias de acción

Ya nadie tiene dónde haser pis, así que el alkalde ha vaciado la pisina municipal.

¡Por favor, hagan pis en este lugar hasta que se resuelva esta crisis!

Los niños opinan:

¡Es genial!

125

Yo llevo años haciendo pis en esa piscina. Ahora ya no tengo que sentirme culpable.

¡Yo también!

¡La siguiente noticia es que hay un gato robot gigante que está robando todos los pañales de la ciudad!

5

Noticias de acción

¡¡¡Va de tienda en tienda llevándose todos los pañales!!!

La Pañalera

¿¿¿Quién nos salvará de esta locura???

¡Este es un trabajo para nosotros!

¡Hurra!

128.

PERO

Aún quedaba una diminuta gota de pis.

¡Ayúdame! ¡Por favor, ayúdame!

Está bien. Te ayudaré.

PLis

¡AAAAAH!

¡Te ayudaré a aprender a volar! ¡Ja, ja, ja!

¡AAAAAAH!

¡Chau!

¡AAAAAAAH!

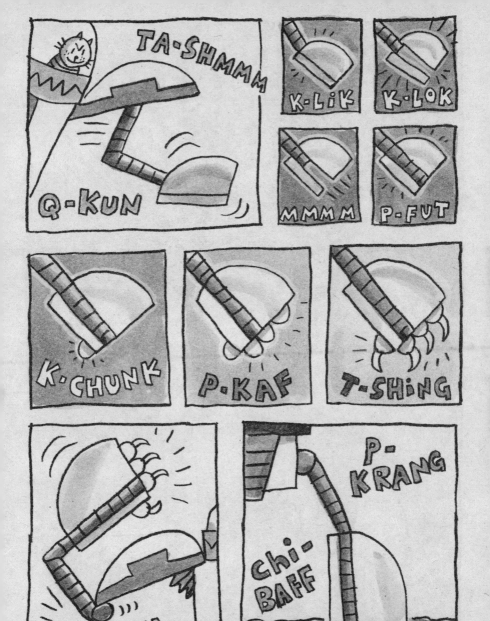

BOF

NUK

KA-CHO

141

Aquí mano izquierda

¡LOCO POR LA MENTA!

Aquí pulgar derecho

¡LOCO POR LA MENTA!

POP

FLIPO-RAMA

Aquí mano
izquierda

¡CUCÚ POR LA MENTA!

Aquí
pulgar
derecho

¡CUCÚ POR LA MENTA!

¡SUICH!

¡Dispara!

¡Encesta!

TRAS

ENBUDOS

ABIERTO LAS 24 horas

Enbudos para todo

Llevemos a este gato ladrón a la cárcel.

¡Ay, chico! ¡La cárcel!

CAPÍTULO 6

La venganza de Demetrio Orino

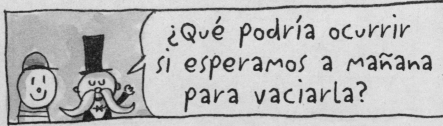

¡VUELVO A VIVIR!

MIENTRAS TANTO...

¡Enciérrenlo en la cárcel, es malvado!

CÁRCEL DE GATOS

Departamento de correkción gatuno

¡Hola, chico!

PERO

BUM BUM

¡ARR!

ASÍ QUE...

¿Dónde está ese estúpido gato?

¡Está en la cárcel! ¡Tienes que vértelas con nosotros!

¿Ah, sí?

chug chug chug

FLIPO-RAMA

Aquí mano izquierda

Aplasta Edificios

Aquí
pulgar
derecho

Aplasta Edificios

BAM

Entre los escombros del edificio, ¡Rufinín tuvo una idea!

¡Oye!

166

¿Recuerdas hace mucho tiempo cuando yo chiquitín?

¿La semana pasada?

¡Eso!

¿Recuerdas que puse jugo en el congelador por acksidente?

Je, je. ¡Se congeló como una piedra!

¡Oye! ¡Acabas de darme una idea!

¡Empuja la tierra, Rufinín! ¡¡¡Empuja con fuerza!!!

Rufinín y Perrete Pañalete empujaron y empujaron...

Y poco a poco las cosas empezaron a moverse.

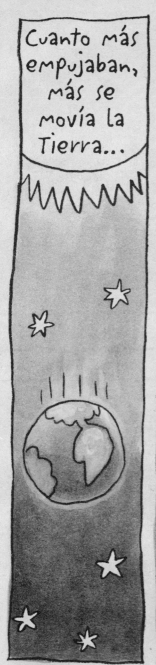

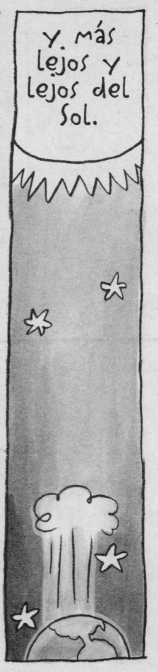

169

Ahora solo tenemos...

que atarlo con esta cuerda...

¡Y llevarlo a un planeta donde nunca se derrita!

¿Cuál?

¡¡¡Pues Urano, claro!!!

En el camino, a Rufinín se le ocurrió otra buena idea.

PSSS
PSSS
PSSS

173

Mientras tanto, en casa de la familia Lanas...

¡Estoy muy preocupado por Rufinín y Perrete Pañalete! ¿Dónde estarán?

No sé, amorr.

BUM

¡Hola mamá y papá!

¡RUFININ!

¡¡¡Papi, afuera hay un enorme monstruo de hielo!!!

¡Me alegro tanto de que estés a salvo!

¡Papi, mira el monstruo de hielo!

De acuerdo, veamos ese estúpido monstruo de hielo.

Correré las cortinas y echaré un ojo.

176

¡Claro! ¡Y superfuerte!

¿De verdad?

¡¡¡Eres el papi más fuerte que yo jamás tenido!!!

¿De verdad?

Bueno, supongo que podría hablar con él...

¡Viva!

¡Viva!

Eh... bueno preferiría que no lo hisiera.

¿por qué no?

Porque, pues, no está bien.

¡Ah, sí! ¿Y qué piensas hacer?

Eh... Eh...

Yo superorgulloso de ti, papi. ¡Tú supervaliente!

¿De verdad?

¡Si destruyes el mundo, quizás me enfade!

¡Ay, no! ¡Eso no!

jalar jalar

¿Por qué temblará así?

¡Yo creo que tiene miedo de papi!

Después, Rufinín y Perrete Pañalete pusieron la Tierra de nuevo en su lugar...

¡y volvieron a casa para unirse a la celebrasión!

¡Oye, dejó de nevar!

¿Puedo haser una fotografía del papá héroe para nuestro diario?

Está bien.

¡¡¡Viva!!!

Aquí mano izquierda.

¡¡¡Sonrían!!!

Aquí pulgar derecho

¡¡¡Sonrían!!!

LEE LAS DOS PRIMERAS NOVELAS ÉPICAS DE JORGE Y BERTO

El Superbebé Pañal es más rápido que un cochecito de bebé sin frenos, más poderoso que la irritación que causan los pañales y capaz de saltar de un rascacielos a otro sin hacerse caca.

"Los lectores se morirán de la risa..." — *Kirkus Reviews*

"Las mismas bromas divertidas... los fans siempre quieren más". — *Publishers Weekly*

Conoce a UuK y Gluk, ¡los chicos cavernícolas más populares de la Edad de Piedra!

"Completamente inmaduro... Divertidísimo... Destinado a volar de las estanterías". — *School Library Journal*

"Pilkey continúa ofreciendo los detalles divertidos y estrafalarios que [los lectores] encuentran perfectos". — *The Bulletin of the Center for Children's Books*

2